AF233373

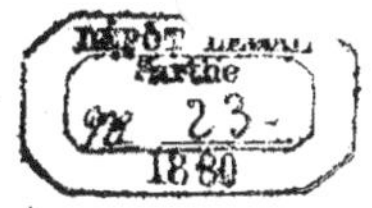

GÉNÉALOGIE DE LA MAISON DE FRÉBOURG

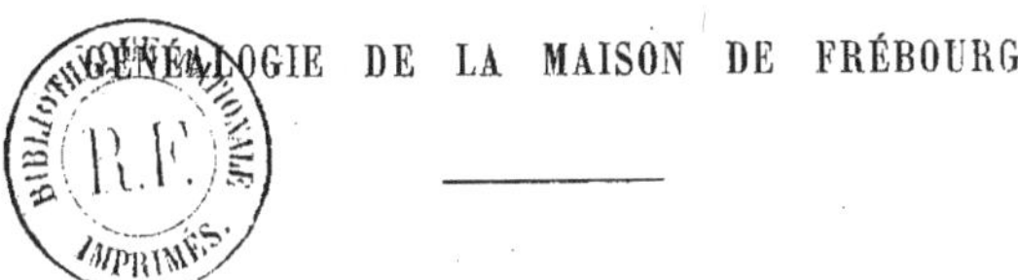

Frébourg est situé dans la paroisse de Contilly, près le vieux camp retranché des Buttes de la Nue. Une partie du vieux manoir a été conservée, mais elle ne peut donner qu'une faible idée de l'ancienne importance du château.

La famille de Frébourg était alliée à la plupart des familles nobles du Maine, dont plusieurs sont éteintes aujourd'hui : Les familles de la Loupe, Fauchais de la Faucherie, de Belriant, de Mailly, de Beaufort, Hureaut de Saint-Denis, de Vibraye, d'Arlanges, d'Artin, de la Porte, de Saint-Méloise, de Barville, de Semallé, de Fromont, etc.

Le détail des armes de toutes ces familles est signalé dans les papiers des de Frébourg avec la preuve des alliances et même, plusieurs anciens cachets d'argent portant gravées, les armes des différentes familles, sont restés joints aux archives qui sont encore conservées au château de Frébourg.

Cette maison est connue dans le Sonnois, au Maine, depuis plus de six siècles. On ignore si elle a pris son nom de la terre qu'elle possède ou si c'est elle qui le lui a donné, quoique cette dernière opinion soit de tradition dans la famille.

ROBIN DE FRÉBOURG (1260-1324).

Toujours est-il constant que, Robin de Frébourg vivait en 1260, et mourut en 1324. Il était dès lors seigneur de la terre de Frébourg (fief), que l'on trouve écrit de différentes orthographes Fresbourt, Fraybourg, Freybourt, Frébourg. Une pièce datée de 1320 constate un accord avec un nommé Jehan, seigneur de la Gastine, pour un règlement d'anciens arrérages de rentes qu'ils se devaient réciproquement pour leurs terres (fiefs). Lequel règlement collationné par Johan Le Vaillant, prêtre, notaire en cour d'église, et Allain Gueffre, tabellion, en la châtellenie de la Perrière, sur l'original le 2 juin 1321. Ce qui prouve que ledit Robin n'était pas le premier de cette maison. On ignore le nom de sa femme de qui il eût :

ANDRÉ Ier (1300-1373).

André, premier du nom, dont on ignore également le nom de sa femme que l'on trouve cependant signalée dans une seule pièce sous le nom de *Perrone* ou *Perrette*, André Ier fit un bail à rente à Guillaume Auger en 1373. Il eut de sa femme quatre fils : Jehan, Robert, Thierry et Etienne. Tous quatre furent tués en 1356 à la bataille de Poitiers, en présence du roi Jean II. André survécut à ses fils.

JEHAN (1356).

Jehan seul était marié, sa femme se nommait Jehanne, il laissa en mourant, un fils auquel il avait donné le nom de Laurent-André, et qui vécut sous le nom de André II, pour le distinguer de son grand père.

ANDRÉ II (1355-1409).

André II épousa demóiselle des Roches, étant déjà écuyer, seigneur de Frébourg. On trouve un aveu rendu par lui, de partie de la terre de Frébourg, au seigneur de la Gastine, en date du 20 juin 1409. Il fut tué au service du roi dans un combat contre les Anglais et croit-on à Saint-Rémy-du-Plain. Il eut de sa femme, demoiselle des Roches, trois enfants : Pierre, Laurent et Jehanne.

Jehanne, épousa Jehan Ligeart, seigneur de la Ligeardière. Il est mention de lui dans un acte du 2 juillet 1454.

Pierre fut un des capitaines qu'Ambroise de Loré, maréchal des armées du duc d'Alençon, choisit pour aller avec lui en Normandie en 1432-1433, combattre les Anglais. Il fut tué dans une de ces expéditions.

LAURENT (1410-1490).

Laurent, son second fils, devint souche et épousa Michelle Carel (1), fille de Jehan Carel, et de Jaquette de Courboullain. Les armes des Carel sont d'azur à 2 fers de piques antiques d'argent. De ce mariage naquirent cinq enfants : *Robert*, *Thierry*, *André*, *Pierre* et *Jehanne*. Pierre, fut ecclésiastique ; Thierry, fut prieur de Saint-Eloy (Ordre des Trinitaires à Mortagne) ; André mourut sans postérité. Il est question de lui dans un titre daté de 1494. Jehanne épousa Patry de Moré, écuyer, dont les armes sont : d'or à six annelets de sable. On trouve encore mention de lui dans les papiers de famille à la date de 1496.

Laurent dut vivre très âgé car un acte fait mention de lui et de sa femme comme vivant encore en 1487, son fils Robert, ne prend le titre de seigneur de Frébourg qu'en 1490 et il est question de leur mariage en 1445.

Une sentence au profit de Laurent de Frébourg donne des détails fort curieux et intéressants sur ses ancêtres et sur l'occupation du Maine par les Anglais. Dans cette pièce datée du 18 juillet 1457, il se taxe déjà lui-même de *viel*, *faible* et *impotent*. Du reste nous joignons ici la copie de cette pièce curieuse en son entier et exactement conforme au style et à l'orthographe.

Suit Robert de Frébourg, fils ainé de Laurent de Frébourg et de Michelle Carel.

18 JUILLET 1457.

Sentence donnée en l'Election du Maine, au Mans, au profit de Laurent de Frébourg, contre le collecteur des tailles de la paroisse de Contilly (parchemin, sceau perdu).

A tous ceux qui ces présentes lettres verront, Guillaume Suffleau, licencié en lois, lieutenant et commis de honorables hommes et saiges messeigneurs les Esleuz dou Mans pour le roy notre Sire sur le fait des aides ordonnez pour la guerre, salut. Comme procès fut meu en la court de céans entre Jehan Roussel, collecteur de la taille du roy notre Sire, mise sus en la parroisse de Contillé demandeur et requéreur d'une part ; et Laurens de Fresbourc, seigneur du dit lieu, deflendeur et opposant, d'autre part ; pour raison de la somme de sept solz six deniers tournois, faisant la moitié de quinze sols tournois, à quoi icelluy collecteur

___

(1) Robine Carel, épouse en 1481, Jehan de Barville, ce qui fait noter ce mariage comme première alliance des de Frébourg avec les de Barville. — Une autre sœur épousa un prince de la maison de Rohan-Guémenée.

disait le dit Laurens avoir été tauxé et imposé pour sa part et portion de la dite taille comme manant et habitant en icelle parroisse ; pour avoir paiement de laquelle somme ou refuz fait par le dit Laurent d'icelle païer, icelluy collecteur avait par certain sergent fait prendre et saisir pour execution d'icelle somme certains biens au dit deffendeur appartenans ; contre laquelle exécution icelluy Laurens s'était opposé et en son opposition lui avoit esté jour assigné auquel jour après le propos du dit demandeur ramené à effect prinst icelluy demandeur ses conclusions à l'encontre du dit deffendeur afin que par nous fust dit le bien requis par luy et mal opposé par le dit deffendeur tendant par le dit demandeur à ceste fin et d'avoir deppens, dommaiges et interetz.

De la partie duquel deffendeur pour ce empescher et pour ces deffenses et causes d'opposition eust esté dit et proposé qu'il étoit noble personne, né et extrait de noble lignée, et que luy et ses prédecesseurs avoient tousiours, vescu noblement sans eulx entremettra ne mesler de chose qui dérogeast ne portast aucun préjudice au fait de leur noblesse ; et pour plus amplement monstrer et nous informer de sa noblesse disoit que feu Jehan de Fresbourc, son ayeul, estoit en son temps un notable escuier, grandement hérité de trois à quatre cens livres de rentes, et entre autres heritaiges estoit seigneur du lieu de Fresbourc ou anciennement souloit avoir très beau merc de maison merchie en tous cas maison comme de gentilhomme, lequel Jehan de Fresbourc, ayeul du dit deffendeur, tout son temps vesquy noblement, poursuyt les guerres et finy ses jours trois de ses frères en sa compaignie, devant Poitiers, au service de feu prince de noble mémoire, le Roy Jehan que Dieu absole. Delaissa le dit Jehan de Fresbourc l'ancien, André de Fresbourc son filz, père du dit deffendeur, qui semblablement vesquy noblement, servyt le Roy ou fait de ses guerres et fut a plusieurs journées et entreprinses sur les ennemys du Roy et du Royaume et mesmes fut à la guerre de Flandres à la journée d'Egyencourt, à celle de Sainct Cloust, et à celle quit fut à Sainct Remy du Plain et à plusieurs autres, monté et abillé comme ung gentilhomme povoit et devoit estre, sans ce que il fit chose qui derogeast au fait de sa noblesse. Lequel André estoit semblablement alé de vie à trepas delaissié le dit deffendeur son filz et heritier qui avoit recueilly sa succession ; lequel a vescu et vit noblement comme les austres nobles du pays sans avoir fait chose qui de raison le rende contribuable aus dites tailles payer, et par ce sans cause avoit esté mis et imposé aus dites tailles ; concluant par nous estre dit mal requis par le dit collecteur et bion opposé par luy et d'avoir deppens dommaiges et interetz.

Et en répliquant par le dit demandeur, eust été dict est proposé par luy que le dit deffendeur n'estoit pas nobles homme, ne le povoit dire ne soustenir et pour le monstrer disoit icelluy deffendeur avoir contribué et payé les tailles en icelle parroisse comme homme roturier, en soy rendant contribuable aus dites tailles et tout ainsi que les autres roturiers habitans en icelle parroisse avoit acoustumé faire.

Disoit aussi icelluy demandeur que le dit deffendeur ne povoit joir du prévilege de noblesse pour ce que jamais luy ne ses predecesseurs n'avoient suy les guerres ne servy le Roy en icelles, mêsmement aus dernières guerres de Guyenne, Bordeaux et Normandye, ne s'estoit oncques icelluy deffendeur trouvé, combién qu'il eust esté commandé à tous les nobles de ce pays du Maine et d'ailleurs de par le Roy nostre dit seigneur aler es dites guerres, dont icelluy deffendeur n'avoit riens faict.

Mais plus, disoit le dit demandeur ; icelluy deffendeur estre marchant, qui continuellement et de jour en jour se mesloit et entremetoit de faire et vendre chaux à tous ceulx qui besoing en avoient, et parce, et n'y eust autre chose disoit icelluy demandeur que à bonne et juste cause icelluy deffendeur avoit esté mis et imposé au dit taux, et que à ce icelluy payer il devoit estre contraint ; concluant aux fins par luy dessus requises.

Lequel deffendeur en duppliquant disoit pour répondre aus faiz du dit demandeur, et premier, que quelque chose que deist le dit demandeur, qu'il estoit et est nobles homme et en appert assez parce que dit est. Et pour ce que le dit demandeur maintenoit icelluy deffendeur avoir payé les dites tailles disoit icelluy deffendeur qu'il n'en estoit riens et le nyoit ; et supposé que par aucun temps il eust payé aucune taille, ce pourroit avoir esté pour ce que le dit deffendeur n'est pas agille de sa personne par maladie en quoy il avoit este detenu par longtemps et que durant les guerres il se seroit retroit sur ses heritaiges pour iceux faire valoir en intencion d'en vivre et aussi pourroit estre que durant le temps que les Angloys usurpoyent et occupoyent ce pays du Maine afin que le dit deffendeur eust seûreté de vivre, contribuoit aux exactions qui lors estoient mises sus par les dits Angloys, ce que lui convenoit faire et aux autres nobles qui souloient résider sur leurs heritaiges, car autrement leur eust falu laisser et habandonner du tout le pays et pour ce s'il estoit trouvé que durant icelluy temps il eust payé ne contribue a aucunes des dites exactions aus dits Angloys, ce ne seroit pas pourtant cause que a present le rendist contribuable aus dites tailles, considere qu'il est nobles homme et vivant noblement ainsi que dit est. Et valoit moins ce que disoit le dit demandeur, que le dit deffendeur n'avoit aucunement este au service du Roy nostre dit Seigneur en ses guerres ; car il n'estoit pas requis que tous les nobles du pays y alassent et mesme le dit deffendeur qui est a present vielz, faible, et impotent, parquoy quand il y fut voulu aler il n'y eust pas esté reçu et aussi là Dieu mercy avait este, le Roy nostre dit seigneur, tellement servy au fait des dites guerres et en tel nombre de gens que plusieurs qui y estoient alez en avoient esté renvoyez. Et pour ce que le dit demandeur maintenoit icelluy deffendeur être marchand de chaux disoit icelluy deffendeur que comme dit est dessus, il est seigneur du lieu flé et domaine de Fresbourc ouquel a d'ancienneté ung très beau fourneau a faire chaux, lequel est de très bon revenu, et si le dit deffendeur vend ou fait vendre la dite chaux, ce n'est pas pourtant cause qui le rende subgiet ne contribuable aus dites tailles ; et est équipolé le dit fourneau, le revenu du dit deffendeur, comme sont les blez, vins et austres choses que vendent les nobles personnes par chascun jour, de leur revenu, pour soustenir leur estat. Et austre chose seroit si le dit deffendeur achetoit la dite chaux pour la revendre mais non ; car toutes les matières, tant pierres, boys, comme autres choses necessoires a icelles faire viennent et croissent de jour en jour au dit lieu de Fresbourc sans ce que le dit deffendeur soit en nécessité d'en envoyer aucunement querrir hors du dit lieus. Et plus disoit icelluy *demandeur* (1) que autres foys s'estoit meu procès pour raison des dites tailles entre les habitans en la dite parroisse de Contillé, et le dit deffendeur, depuis la redicion de ce pays du Maine faite au Roy notre Sire, ouquel procès icelluy deffendeur obtint sentence deffinitive à l'encontre des dits habitans, dont ne fut pas clamé ne appellé ; par quoy disoit le dit deffendeur que vuz ses faiz ses conclusions dessus requises luy devoient estre faictes et adiugées.

Sur quoy, nous, les dites parties oyes les eussions appointés contraires et en enqueste en double, et a escripre leur faiz et raison ; et depuis eust icelluy deffendeur ou fait de sa preuve,

___

(1) *Sic*, pour deffendeur.

fait oir et examiner plusieurs tesmoings par Guillaume Flote, commis de Jehan Le Godays nostre greffier, et Ambroys Gouppil, son adiont, quand à ce, laquelle enqueste ait esté mise et rapportée de vers nous ; et après ce que le dit demandeur a repondu que de sa part il n'avoit intencion d'aucune chose prouvé et qu'il n'a voulu reproucher les temoings du dit deffendeur, et que les dites parties ont consenty prendre droit par ce qui a esté devers nous produit ; Savoir faisons que le procès veu et visité o grant et meure deliberacion avons dit et déclairé, disons et declairons par notre sentence, jugement et par droit, que le dit deffendeur a bien et duement prouvé son intencion et partant l'avons absolz et absolons de la demande et requeste du dit demandeur, et icelluy demandeur condemnons en ses deppens la toxation à nous reservée.

Ce fut fait et donné en jugement en la presence des dites parties soubs notre seel le lundi dixhuitiesme jour de juillet l'an mil cccc cinquante sept.

Flote, pour le Greffier absent.

Robert de Frébourg (1477).

Robert, fils aîné de Laurent de Frébourg et de Michelle Carel, épousa le 7 juillet 1477, Guillemine Boucher, fille de Jehan Boucher, écuyer, seigneur de la Persillière, dont les armes sont d'or frété d'azur. De ce mariage, trois enfants : *Antoinette*, *Anne* et *Pierre*. Antoinette épousa en 1507, Siméon de Forestier, escuyer, qui porte d'azur à deux faces d'argent à trois étoiles de même mises en chef.

Anne fut mariée deux fois, la première, à Etienne Baréis, en 1512 ; la deuxième, en 1525, à Philippe du Chêne, escuyer, qui porte d'argent à trois chevrons de sable.

Pierre de Frébourg (1520).

Pierre, épousa par contrat passé par Paul Saulier, le 2 juillet 1520, Marguerite de Charron, fille de Noël de Charron, escuyer, seigneur de la Hayère, et d'Alaine de Varsé. Les armes des Charron sont : d'azur à la face en devise d'argent, accompagné en chef de deux croissants d'or, et en pointe d'une ancre de même.

De ce mariage sont issus cinq enfants : *Joseph*, *Alexis*, *Renée*, *Marie* et *Hélène*. Alexis a fait la branche de la Houdairie, il fut seigneur du Plessis, il épousa Rolande de Melun, en eut trois fils d'où postérité. Renée, épousa Pierre du Breil, seigneur d'Orville. Hélène, épousa Julien Poulain, seigneur du Saucay (1).

Joseph Ier (1559).

Joseph, l'aîné, épousa demoiselle Catherine Brisard, par contrat passé par Cuinière, notaire, en 1559, fille de Guillois Brisard, escuyer (2), lieutenant général de Mamers. De ce

---

(1) Une branche de la maison de Frébourg, passa en Poitou..... et modifia son blason de la façon suivante : d'or au chevron de gueules à trois étoiles de sable, deux en chef, une en pointe, au chef d'argent chargé d'une aigle de sable. — Antoine de Frébourg, un des membres de cette branche fut nommé à la direction de l'arsenal de Poitiers, par le duc de Guise, en 1569, lors du siège de cette ville par les protestants. Le duc lui donna l'intendance des armements du royaume pour les grands secours que le dit Antoine de Frébourg avait amenés à l'armée catholique. Il épousa à Saumur demoiselle Julienne de Balery, dont il eut deux fils ; Charles, l'ainé, devint lieutenant du duc de Mayenne. Cette famille fut disgraciée après le massacre des de Guise, au château de Blois, 1588. (Note des papiers de famille.)

(2) Joseph de Frébourg lui succéda dans cette charge.

mariage quatre enfants : *Anne*, *Rachel*, *Marie* et *Jehan*. Anne, épousa Charles de Vafray, seigneur de Montguillon, écuyer. Rachel, épousa Léonard Pinson, seigneur de la Meslière, écuyer. Marie resta fille.

JEHAN DE FRÉBOURG (1601).

Jehan épousa le 22 septembre 1601 Marguerite de Barville, fille de François de Barville, seigneur de la Gastine, et de dame Marthe du Fay (deuxième alliance de la maison de Frébourg avec celle des Barville). Les armes des Barville sont : d'argent à deux bandes de gueules. De ce mariage deux enfants : *Jehan* et *Denis*. Jehan fut capucin, provincial de cet ordre, sous le nom de Père Ange de Mamers.

DENIS Ier (1639).

Denis Ier épousa le 22 octobre 1639, Jacqueline du Hameau, fille de Jehan du Hameau, escuyer, et de demoiselle......... tante de Mr de Bernier, comte de Louvigny, près Caen, lieutenant général des armées du roi, commandeur et grand'croix de l'ordre royal et militaire de Saint-Louis.

Les armes des du Hameau sont de sable à trois tours d'argent 2 et 1.

De ce mariage naquirent : *Anne*, *Geneviève*, *Marguerite*, *Jacquine*, *Marie-Léonarde* et *Denis* (1).

Anne fut mariée deux fois : la première, à Nicolas du Mesnil, escuyer ; la deuxième, à Guy Achard, marquis de Bonvouloir, d'où Marie-Elisabeth Achard, épouse du comte de Lautoye. (Les armes des Achard sont de sable au lion d'or.) Marguerite, épousa Mr Derieux, escuyer. Jacquine et Marie-Léonarde ne se marièrent pas.

DENIS II (1672).

Denis II, chevalier, seigneur de Frébourg (2), fils de Denis Ier, épousa le 7 octobre 1672, Jeanne d'Arlange, dame de Dancé et de la Grande-Beuvrière, fille de Jean d'Arlange, escuyer, et de dame Marguerite du Doigt. Les armes des d'Arlange sont d'argent à six merlettes de sable, posées sur six annelets de gueules, 3, 2, 1. — De ce mariage huit enfants : *Denis-Paul*, *Jean*, *Joseph-René*, *Marie-Françoise*, *Marie-Jeanne*, *Marie-Anne*, *Louise-Eléonore* et *Marie-Magdeleine*.

Marie-Françoise et Marie-Anne furent religieuses à la Visitation de Mamers ; Marie-Jeanne le fut aux Ursulines de Nogent-le-Rotrou ; Louise-Eléonore est morte fille, et Marie-Magdeleine mourut à la maison royale de Saint-Cyr, en tombant d'une fenêtre (3).

Denis-Paul mourut des suites de ses blessures au régiment de l'Ile-de-France. Jean fut tué en guerre.

JOSEPH II (1724).

Joseph-René, enseigne de vaisseau, devint souche principale. Il épousa le 8 juin 1724,

---

(1) Un Félix de Frébourg, né en 1634, fut reçu novice à l'abbaye de Perseigne, à l'âge de vingt-quatre ans, 1658.

(2) Denis II de Frébourg a été maintenu dans sa noblesse le 16 décembre 1697, par Hue de Miroménil, intendant de Touraine. (Archives Nationales, reg. MM. 703, f° 683).

(3) Elle est consignée sur les papiers de famille, comme vierge et martyre, sans explication.

Bonne-Renée de Belriant, fille de Jacques de Belriant Vilennes, seigneur du Breil, chevalier de l'ordre royal et militaire de Saint-Louis, et de demoiselle Marie-Bonne de la Loupe, dont les armes sont : d'or à deux fasces de gueules.

De ce mariage sont issus : Joseph-Louis 1725, Louis-Jacques 1726, mort la même année, Denis-René 1727, Bonne-Renée 1729, Bonne-Marguerite 1730, morte à quatre ans, Jeanne-Renée 1732, Jean-Baptiste-Jacques, seigneur du Motay, 1737, Bonne-Madeleine 1738.

Denis-René fut capitaine au régiment de Limozin, Jean-Baptiste-Jacques (1), fut lieutenant dans celui de Languedoc-dragon, Jeanne-Renée épousa Jean-René du Serrau, écuyer, seigneur de la Roche-Courcillon (Anjou), Bonne ne se maria pas.

JOSEPH (1760).

Joseph-Louis, chevalier, seigneur de Frébourg, chevalier de l'ordre royal et militaire de Saint-Louis, ancien capitaine au régiment de Limozin, épousa le 16 juin 1760, Perrine-Vincente Pottonier, fille de Pierre Pottonier (2), et de Anne-Suzanne Touzé de Kernodidon. Les armes des Pottonier sont : d'azur au croissant d'argent accompagné en pointe d'une tête de nègre d'argent au tortil de gueules, à dextre un soleil d'argent senestré d'un croissant de même au chef d'argent chargé de trois étoiles d'azur.

De ce mariage naquirent : Joseph-Louis-Vincent 1761, Joseph-Jacques-Jean 1767, Joseph-Jean-René-François, Jeanne-Marie-Vincente, Marie-Louise-Renée, 4 janvier 1776, Bonne-Renée. Cette dernière est morte enfant.

Un autre fils dont le nom manque entra dans les ordres, émigra en 1791 et mourut en Allemagne. Joseph-Jacques-Jean, émigra également en 1791 et entra comme sous-lieutenant dans la compagnie de l'Institution de Saint-Louis, à Coblentz, sous les ordres du comte de Vergenne, et fit la campagne de 92 jusqu'au licenciement de l'armée des Princes. Il mourut sans enfants. Joseph-Jean-René, lieutenant au Royal-Comtois, épousa après la tourmente révolutionnaire dame Piffault des Essarts, veuve de M. le baron de Kaërbout ; Jeanne-Marie-Vincente, épousa en 1791, M. de la Briffe, écuyer, fils de M. de la Briffe et de demoiselle Piquer de la Farre ; Marie-Louise-Renée, épousa M. Morel d'Escures, 16 décembre 1800, d'où postérité. Les armes des d'Escures sont : d'argent au cheval gai de sable.

JOSEPH DE FRÉBOURG (1761 à 1841).

Joseph-Louis-Vincent, l'aîné, capitaine au régiment de Navarre, épousa en 1790, demoiselle Jeanne-Marie-Henriette de Semallé (3). Joseph de Frébourg, était en 1789, en garnison à Rouen, et commandait comme lieutenant, une compagnie du régiment de Navarre, lors des troubles dans cette ville suscités par l'acteur Bordier, qui y fut condamné à mort et exécuté. Il émigra en 1791, un an à peine après son mariage, rejoignit l'armée des princes, fit la campagne de 92, puis après le licenciement se retira à Londres. Vers le mois d'octobre 1797

---

(1) Le 17 mars 1789, il épousa demoiselle Jacquine Thibault d'où une fille, Rosalie-Louise, née à Mamers en 1790, qui épousa en 1812, Léonard-François-Charles Tiroux de Saint-Cyr, d'où une fille, épouse de M. du Pontavice, à Rennes, d'où postérité... 1879.

(2) Pierre Pottonier, fut vingt ans capitaine commandant des gardes-côtes de Taches-de-Chag, en Bre-

tagne ; il était fils de Pierre Pottonier, originaire d'Irlande, qui ayant passé au service de la France, épousa dans le comté Nantois, Anne Leclerc et s'allia ainsi à l'ancienne maison de Pontual et à celle de Jean Chevillé, qui a fourni des présidents à mortier au parlement de Bretagne.

(3) Les armes des Semallé sont : d'argent à la bande de gueules accosté d'un épervier armé d'or.

il commit l'imprudence de rentrer en France. Il se rendit à Rouen, où on lui procura un faux certificat de résidence, ce qui ne l'empêcha pas d'être arrêté à Paris; comme émigré, pour être traduit devant une commission militaire séant en l'Hôtel-de-Ville et présidée par le général Cathol, ancien sergent aux Gardes Françaises, homme humain, mais chargé d'une terrible mission, car tout émigré reconnu comme tel, était fusillé sur l'heure. M. de Semallé, beau-frère de M. de Frébourg, ayant été informé de son arrestation, se rendit en toute hâte à Paris, malgré les risques qu'il courait lui-même. Il avait connu comme page à la grande écurie du roi Louis XVI, plusieurs officiers du régiment de Bretagne. L'un d'eux, devenu général, lui avait témoigné beaucoup de dévouement dans les circonstances les plus graves. Il s'adressa à lui et fut mis par son intermédiaire en rapport avec M. Marion, riche négociant en drap, ami du ministre de police Sotin, auquel même il avait rendu le service de le cautionner autrefois, pour avoir une place de receveur des contributions à Paris. M. Marion promit son appui et fit de suite une démarche auprès du ministre qu'il trouva inexorable et ne voulut pas exempter M. de Frébourg de passer devant la commission militaire. Cependant il donna l'ordre à M. Duval, commissaire du gouvernement à Rouen, d'interroger les neuf témoins signataires du certificat, M. de Semallé se rendit en toute hâte à Rouen, intimida les témoins, qui lui avaient déjà servi en pareille circonstance, en leur disant qu'ils seraient dénoncés pour avoir donné faussement leurs signatures, et comme ayant reçu de l'argent, s'ils se dédisaient. Ils maintinrent leurs assertions, dont le certificat fut envoyé au ministre. Le général Cathol intéressé dans cette affaire par les amis de M. de Semallé, voulut se déclarer incompétent en présence de ce certificat. M. Marion retourna chez Sotin et insista de nouveau près de lui. Alors le ministre lui répondit : Si vous croyez, vous et vos amis vous intéresser à un innocent, vous vous trompez fort, et attirant à lui trois registres il les feuilleta tous les trois et lui montra le dossier complet de tous ces messieurs de Frébourg, émigrés, mentionnant jour par jour tous leurs actes, leurs différents lieux de résidence et leur service dans l'armée royale, la rentrée en France de M. Joseph de Frébourg par la Westphalie et la Belgique, son apparition à Rouen, etc.

M. Marion n'insista plus mais prétexta de grandes obligations de sa part à la famille de Frébourg et sollicita sa grâce. Impossible, répondit le ministre, je ne puis me compromettre ainsi ; voici les instructions du Directoire. Je vais répondre à cet imbécile de Cathol, qui se déclare incompétent, que la loi qui vient d'être faite rend justiciable de la commission militaire tout prévenu d'émigration, inscrit ou non sur les listes.

Il lui remit une lettre cachetée, lui tendit amicalement la main en le reconduisant, sans autres explications.

M. Marion se rendit chez le général Cathol avec M. de Semallé, le général ouvrit la lettre contenant le texte de la loi ; mais il y avait un postscriptum ainsi conçu : « Je vous ai renvoyé » ce matin des pièces concernant le citoyen Frébourg, d'après lesquelles son émigration ne » paraîtrait pas constante. » Cathol embrassa M. de Semallé et lui dit : « Vous déjeunerez demain avec votre beau-frère, vous pouvez commander le déjeuner. Dès lors qu'il n'est *pas constant* qu'il ait émigré, pour nous il n'a pas émigré. »

Et M. de Frébourg fut le seul sur plus de cinquante qui échappa à la mort dans cette occasion.

M. de Frébourg se retira sur ses propriétés et se livra à l'agriculture, plus tard, après l'apaisement de la tourmente, devint maire de sa commune, puis conseiller d'arrondissement, rendit de grands services aux populations de son canton et se retira des affaires politiques en 1830, après la chute de Charles X. Il mourut à Alençon en 1841.

Il eut deux enfants : Joseph-Louis de Frébourg, mort sans postérité, magistrat à la Flèche, et Iseulle-Hyacinthe-Henriette de Frébourg, née en 1791. Elle épousa en 1821, M. Théodore de Fromont (1) de Bouaille, d'où cinq enfants : Iseulle-Louise, Virginie, Paul-Henri, Bonne et Eugénie. Paul-Henri de Fromont de Bouaille, épousa en 1853, demoiselle Marie-Antoinette-Louise de Guisable de la Cotte de Beaulorent, fille de Jean-Baptiste-Marie de Guisable de la Cotte de Beaulorent et de demoiselle Antoinette-Marie-Louise de Maussion de Candé. D'où deux fils.

La famille de Frébourg s'est éteinte en la personne de Joseph-Louis-Vincent de Frébourg, mort en 1841. Sa fille, Mme de Fromont, lui survécut et mourut en 1848, laissant la propriété de Frébourg à son fils, Paul de Fromont, qui l'habite.

Les armes de la maison de Frébourg sont : *d'argent à trois aigles éployées de sable, becquées et membrées de gueules 2, 1. Pour supports 2 aigles, surmontées d'un casque à cinq grilles.*

P. DE F.

----

(1) Les armes des de Fromont sont : d'argent à huit molettes d'éperon de gueules posées en orle et une merlette de sable en abime.

www.ingramcontent.com/pod-product-compliance
Lightning Source LLC
LaVergne TN
LVHW021732030726
842523LV00004B/1374